Стихотворения и Проза
Poems and Prose
Христо Ботев
Hristo Botev

Стихотворения и Проза
Copyright © JiaHu Books 2013
First Published in Great Britain in 2013 by Jiahu Books – part of
Richardson-Prachai Solutions Ltd, 34 Egerton Gate, Milton
Keynes, MK5 7HH
ISBN: 978-1-909669-86-4
A CIP catalogue record for this book is available from the British
Library
Visit us at: jiahubooks.co.uk

СТИХОТВОРЕНИЯ

НА ПРОЩАВАНЕ в 1868 г.

Не плачи, майко, не тъжи,
че станах азе хайдутин,
хайдутин, майко, бунтовник,
та тебе клета оставих
за първо чедо да жалиш!
Но кълни, майко, проклинай
таз турска черна прокуда,
дето нас млади пропъди
по тази тежка чужбина —
да ходим да се скитаме
немили, клети, недраги!
Аз зная, майко, мил съм ти,
че може млад да загина,
ах, утре като премина

5

през тиха бяла Дунава!
Но кажи какво да правя,
кат си ме, майко, родила
със сърце мъжко, юнашко,
та сърце, майко, не трае
да гледа турчин, че бесней
над бащино ми огнище:
там, дето аз съм пораснал
и първо мляко засукал,
там, дето либе хубаво
черни си очи вдигнеше
и с оназ тиха усмивка
в скръбно ги сърце впиеше,
там дето баща и братя
черни чернеят за мене!...
Ах, мале — майко юнашка!
Прости ме и веч прощавай!
Аз вече пушка нарамих
и на глас тичам народен
срещу врагът си безверни.
Там аз за мило, за драго,
за теб, за баща, за братя
за него ще се заловя,
пък... каквото сабя покаже
и честта, майко, юнашка!
А ти, 'га чуеш, майнольо,
че куршум пропей над село
и момци вече наскачат,
ти излез, майко — питай ги,
де ти е чедо остало?
Ако ти кажат, че азе
паднал съм с куршум пронизан,
и тогаз, майко, не плачи,
нито пък слушай хората,
дето ще кажат за мене
"Нехранимайка излезе",
но иди, майко, у дома
и с сърце сичко разкажи

на мойте братя невръстни,
да помнят и те да знаят,
че и те брат са имали,
но брат им падна, загина,
затуй, че клетник не трая
пред турци глава да скланя,
сюрмашко тегло да гледа!
Кажи им, майко, да помнят,
да помнят, мене да търсят:
бяло ми месо по скали,
по скали и по орляци,
черни ми кърви в земята,
земята, майко, черната!
Дано ми найдат пушката,
пушката, майко, сабята,
и дето срещнат душманин
със куршум да го поздравят,
а пък със сабя помилват...
Ако ли, майко, не можеш
от милост и туй да сториш,
то 'га се сберат момите
пред назе, майко, на хоро
и дойдат мойте връстници
и скръбно либе с другарки,
ти излез, майко, послушай
със мойте братя невръстни
моята песен юнашка —
защо и как съм загинал
и какви думи издумал
пред смъртта си и пред дружина...
Тъжно щеш, майко, да гледаш
ти на туй хоро весело,
и като срещнеш погледът
на мойто либе хубаво,
дълбоко ще ми въздъхнат
две сърца мили за мене —
нейното, майко, и твойто!
И две щат сълзи да капнат

на стари гърди и млади...
Но туй щат братя да видят
и кога, майко, пораснат,
като брата си ще станат —
силно да любят и мразят...

Ако ли, мале майноле,
жив и здрав стигна до село,
жив и здрав с байряк във ръка,
под байряк лични юнаци,
напети в дрехи войнишки,
с левове златни на чело,
с иглянки пушки на рамо
и с саби-змии на кръстът,
о, тогаз, майко юнашка!
О, либе мило, хубаво!
Берете цветя в градина,
късайте бръшлян и здравец,
плетете венци и китки
да кичим глави и пушки!
И тогаз с венец и китка
ти, майко, ела при мене,
ела ме, майко, прегърни
и в красно чело целуни —
красно, с две думи заветни:
свобода и смърт юнашка!
А аз ще либе прегърна
с кървава ръка през рамо,
да чуй то сърце юнашко,
как тупа сърце, играе;
плачът му да спра с целувка,
сълзи му с уста да глътна...
Пък тогаз... майко, прощавай!
Ти, либе, не ме забравяй!
Дружина тръгва, отива,
пътят е страшен, но славен:
аз може млад да загина...
Но... стига ми тая награда —

да каже нявга народът:
умря сиромах за правда,
за правда и за свобода...

ДО МОЕТО ПЪРВО ЛИБЕ

Остави таз песен любовна,
не вливай ми в сърце отрова —
млад съм аз, но младост не помня,
пък и да помня, не ровя
туй, що съм ази намразил
и пред тебе с крака погазил.

Забрави туй време, га плачех
за поглед мил и за въздишка:
роб бях тогаз — вериги влачех,
та за една твоя усмивка,
безумен аз светът презирах
и чувства си в калта увирах!

Забрави ти онез полуди,
в тез гърди веч любов не грее
и не можеш я ти събуди
там, де скръб дълбока владее,
де сичко е с рани покрито
и сърце зло в злоба обвито!

Ти имаш глас чуден — млада си,
но чуйш ли как пее гората?
Чуйш ли как плачат сиромаси?
За тоз глас ми копней душата,
и там тегли сърце ранено,
там, де е се с кърви облено!

О, махни тез думи отровни!
Чуй как стене гора и шума,
чуй как ечат бури вековни,
как нареждат дума по дума —

приказки за стари времена
и песни за нови теглила!

Запей и ти песен такава,
запей ми, девойко, на жалост,
запей как брат брата продава,
как гинат сили и младост,
как плаче сиротна вдовица
и как теглят без дом дечица!

Запей, или млъкни, махни се!
Сърце ми веч трепти — ще хвръкне,
ще хвръкне, изгоро, свести се!
Там, де земя гърми и тътне
от викове страшни и злобни
и предсмъртни песни надгробни...

Там... там буря кърши клонове,
а сабля ги свива на венец;
зинали са страшни долове
и пищи в тях зърно от свинец,
и смъртта й там мила усмивка,
а хладен гроб сладка почивка!

Ах, тез песни и таз усмивка
кой глас ще ми викне, запее?
Кървава да вдигна напивка,
от коя и любов немее,
пък тогаз и сам ще запея
що любя и за що милея!...

ДЕЛБА

По чуства сме братя ний с тебе
и мисли еднакви ний таим,
и вярвам, че в светът за нищо
ний няма с теб да се разкаем.

Добро ли сме, зло ли правили,
потомството назе ще съди;
а сега — дай ръка за ръка
и напред със стъпки по-твърди!

Спътник ни са били в животът
страдания, бедност в чужбина,
но тях сме ний братски делили
и пак ще ги делим двамина...

Ще делим ний хорски укори,
ще търпим и присмех глупешки,
ще търпим, но няма да охнем
под никакви мъки човешки.

И глава ний няма да сложим
пред страсти и светски кумири:
сърцето си вече казахме
с печалните наши две лири...

Напред сега с чуства и мисли
последната делба да делим:
да изпълним дума заветна —
на смърт, братко, на смърт да вървим!

ЕЛЕГИЯ

Кажи ми, кажи, бедний народе,
кой те в таз рабска люлка люлее?
Тоз ли, що спасителят прободе
на кръстът нявга зверски в ребрата,
или тоз, що толкоз годин ти пее:
"Търпи, и ще си спасиш душата?!"

Той ли, ил някой негов наместник,
син на Лойола и брат на Юда,
предател верен и жив предвестник
на нови тегла за сиромаси,

нов кърджалия в нова полуда,
кой продал брата, убил баща си?!

Той ли? — кажи ми. Мълчи народа!
Глухо и страшно гърмят окови,
не чуй се от тях глас за свобода:
намръщен само с глава той сочи
на сган избрана — рояк скотове,
в сюртуци, в реси и слепци с очи.

Сочи народът, и пот от чело
кървав се лее над камък гробен;
кръстът е забит във живо тело,
ръжда разяда глозгани кости,
смок е засмукал живот народен,
смучат го наши и чужди гости!

А бедният роб търпи и ние
без срам, без укор, броиме време,
откак е в хомот нашата шия,
откак окови влачи народа,
броим и с вяра в туй скотско племе
чакаме и ний ред за свобода!

МАЙЦЕ СИ

Ти ли си, мале, тъй жално пела,
ти ли си мене три годин клела,
та скитник ходя злочестенази
и срещам това, що душа мрази?

Бащино ли съм пропил имане,
тебе ли покрих с дълбоки рани,
та мойта младост, мале, зелена
съхне и вехне люто язвена?!

Весел ме гледат мили другари,
че с тях наедно и аз се смея,

но те не знаят, че аз веч тлея,
че мойта младост слана попари!

Отде да знаят? Приятел нямам
да му разкрия що в душа тая;
кого аз любя и в какво вярвам —
мечти и мисли — от що страдая.

Освен теб, мале, никого нямам,
ти си за мене любов и вяра;
но тука вече не се надявам
тебе да любя: сърце догаря!

Много аз, мале, много мечтаях
щастие, слава да видим двама;
сила усещах — що не желаях?
Но за вси желби приготви яма!

Една сал клета, една остана:
в прегръдки твои мили да падна,
та туй сърце младо, таз душа страдна
да се оплачат тебе горкана...

Баща и сестра и братя мили
аз да прегърна искам без злоба,
пък тогаз нека измръзнат жили,
пък тогаз нека изгния в гроба!

КЪМ БРАТА СИ

Тежко, брате, се живее
между глупци неразбрани;
душата ми в огън тлее,
сърцето ми в люти рани.

Отечество мило любя,
неговият завет пазя;
но себе си, брате, губя,

тия глупци като мразя.

Мечти мрачни, мисли бурни
са разпнали душа млада;
ах, ръка си кой ще турне
на туй сърце, дето страда?

Никой, никой! То не знае
нито радост, ни свобода;
а безумно как играе
в отзив на плач из народа!

Често, брате, скришом плача
над народен гроб печален;
но, кажи ми, що да тача
в тоя мъртъв свят коварен?

Нищо, нищо! Отзив няма
на глас искрен, благороден,
пък и твойта й душа няма
на глас божий — плач народен!

В МЕХАНАТА

Тежко, тежко! Вино дайте!
Пиян дано аз забравя
туй, що, глупци, вий не знайте
позор ли е или слава!

Да забравя край свой роден,
бащина си мила стряха
и тез, що в мен дух свободен,
дух за борба завещаха!

Да забравя род свой беден,
гробът бащин, плачът майчин,
тез, що залъкът наеден
грабят с благороден начин —

грабят от народът гладен,
граби подъл чорбаджия,
за злато търговец жаден
и поп с божа литургия!

Грабете го, неразбрани!
Грабете го! Кой ви бърка?
Скоро той не ще да стане:
ний сме синца с чаши в ръка!

Пием, пеем буйни песни
и зъбим се на тирана;
механите са нам тесни —
крещим: "Хайде на Балкана!"

Крещим, но щом изтрезнеем,
забравяме думи, клетви,
и немеем, и се смеем
пред народни свети жертви!

А тиранинът върлува
и безчести край наш роден:
коли, беси, бие, псува
и глоби народ поробен!

О, налейте! Ще да пия!
На душа ми да олекне,
чувства трезви да убия,
ръка мъжка да омекне!

Ще да пия напук врагу,
напук и вам, патриоти,
аз веч нямам мило, драго,
а вий... вий сте идиоти!

ХАДЖИ ДИМИТЪР

Жив е той, жив е! Там на Балкана,
потънал в кърви, лежи и пъшка
юнак с дълбока на гърди рана,
юнак във младост и в сила мъжка.

На една страна захвърлил пушка,
на друга сабля на две строшена;
очи тъмнеят, глава се люшка,
уста проклинат цяла вселена!

Лежи юнакът, а на небето
слънцето спряно сърдито пече;
жетварка пее нейде в полето,
и кръвта още по-силно тече!

Жътва е сега... Пейте, робини,
тез тъжни песни! Грей и ти, слънце,
в таз робска земя! Ще да загине
и тоя юнак... Но млъкни, сърце!

Тоз, който падне в бой за свобода,
той не умира: него жалеят
земя и небе, звяр и природа
и певци песни за него пеят...

Денем му сянка пази орлица
и вълк му кротко раната ближе;
над него сокол, юнашка птица,
и тя се за брат, за юнак грижи!

Настане вечер — месец изгрее,
звезди обсипят свода небесен;
гора зашуми, вятър повее —
Балканът пее хайдушка песен!

И самодиви в бяла премяна,
чудни, прекрасни, песен поемнат, —

тихо нагазят в трева зелена
и при юнакът дойдат, та седнат.

Една му с билки раната върже,
друга го пръсне с вода студена,
трета го в уста целуне бърже —
и той я гледа, — мила, засмена!

"Кажи ми, сестро, де — Караджата?
Де е и мойта вярна дружина?
Кажи ми, пък ми вземи душата —
аз искам, сестро, тук да загина!"

И плеснат с ръце, па се прегърнат,
и с песни хвръкнат те в небесата, -
летят и пеят, дорде осъмнат,
и търсят духът на Караджата...

Но съмна вече! И на Балкана
юнакът лежи, кръвта му тече, -
вълкът му ближе лютата рана,
и слънцето пак пече ли — пече!

МОЯТА МОЛИТВА

"Благословен бог наш..."

О, мой боже, прави бог боже!
Не ти, що си в небесата,
а ти, що си в мене, боже —
мен в сърцето и в душата...

Не ти, комуто се кланят
калугери и попове
и комуто свещи палят
православните скотове;

не ти, който си направил

от кал мъжът и жената,
а човекът си оставил
роб да бъде на земята;

не ти, който си помазал
царе, папи, патриарси,
а в неволя си зарязал
мойте братя сиромаси;

не ти, който учиш робът
да търпи и да се моли
и храниш го дор до гробът
само със надежди голи;

не ти, боже, на лъжците,
на безчестните тирани,
не ти, идол на глупците,
на човешките душмани!

А ти, боже, на разумът,
защитниче на робите,
на когото щат празнуват
денят скоро народите!

Вдъхни секиму, о, боже,
любов жива за свобода —
да се бори кой как може
с душманите на народа.

Подкрепи и мен ръката,
та кога въстане робът,
в редовете на борбата
да си найда и аз гробът!

Не оставяй да изстине
буйно сърце на чужбина,
и гласът ми да премине
тихо като през пустиня!...

[ЗАДАДЕ СЕ ОБЛАК ТЕМЕН]

***

Зададе се облак темен
откъм гора, от Балкана:
дали ще е дъждец дребен,
или ще е буря страшна?

Ех, мой дядо, тежко време!
Ралото се едвам влачи,
и след него сееш семе,
пот от чело, град от очи!

Кажи, дядо, защо плачеш
над тез дълги бразди черни;
от чер облак ли се плашиш,
или мрат ти деца дребни?

Кажи, дядо, че аз помня
какъв юнак напред беше;
бог да прости баба Стойна,
тя пееше, ти ореше.

Друг път — помниш? — лани беше:
аз заминах през гората,
сред юнаци ти седеше
като баща със брадата.

Какъв беше ти тогава!
Сега плачеш — защо, дядо?
Байряк ли се не развява,
или нямаш сърце младо?

"Ех, мой синко! Що ме питаш?
Чуй тоз гарван, де там грачи...
Но в село нели отиваш,

ще да видиш защо плаче

стар войвода след туй рало!
Там селото се е сбрало
на мегданя, за да гледа
мойте момци, мойте чеда!

Ти ще видиш там набити
на прътове, на върлини
на момците ми главите —
избиха се две дружини!

Двама братя воеводи,
двамата ми верни сина:
скарали се кой да води
бащината си дружина!

Тесни били планините
за несговорна дружина!
И стърчат им днес главите,
за да плаче кой как мине.

Боже, с гръм ти разсипи ме!
Ветре, в прах ти разнеси ме!
Да не гледам деца малки
и техните клети майки,

окол пръте как се късат —
ръце вдигат към главите,
и как после ще се мъчат
голи, боси и пребити."

Закапаха едри капки,
летят, крякат гъски, патки:
буря страшна ще да ревне,
нели не са капки дребни.

Секи тича, в село бяга,

дядо не ще да разпряга.
— Хайде, дядо, да вървиме.
"Стой, да умра, помогни ми!"

СТРАННИК

Бързай, странник, върви скоро
къща бащина да стигнеш;
пред къщата играй хоро,
през хорото ти ще минеш.

"Добре дошъл", ще ти кажат
деца, баби и подевки;
а момите — те играят
подир дружкини засевки.

Няма нищо! Други зема
тази, що си нявга любил;
но и за теб моми има:
бога не си с камъни бил.

Ще излезе стара майка
да посрещне мила сина,
ще заплаче, ще завайка:
"Син дочаках от чужбина!"

Ще прегърне мъжка снага,
а ти нейни стари кости;
ще чуйш майчина си тъга,
ще чуйш нейни думи прости.

Ще чуйш, ала недей плака,
първо либе че сгодили,
друга вест те тебе чака —
за баща и братя мили!

Турци тейка ти убиха,
братята ти и двоица

полежаха, па изгниха,
отровени във темница.

Но то нищо! Ти да си жив,
баща скоро ще да бъдеш, —
бог е добър и милостив,
а ти трябва род да въдиш.

На, че плачеш! Ех, жена си!
За жени е плачът даден,
за жени, за сиромаси:
ти не си ни гол, ни гладен.

Речи тамо: "Бог да прости",
на попове по патрихил,
на трапеза свикай гости,
пък бъди какъвто си бил!

Земи жена хубавица,
или грозна със имот;
народи рояк дечица
и с сюрмашки ги храни пот.

Тъй глупецът, тъй залита
да прекара добър живот,
и никога не се пита
човек ли е той или скот!

ПРИСТАНАЛА

Посвещава се на г-ца М. И. Г-ва

Кавал свири на поляна,
на поляна, край горица;
млада, хубава Стояна
търчи с менци за водица.

Из градина крещи, вика,

омразната нейна стрика:
"Полудя ли, мар Стояно,
та отиваш толкоз рано?

Стой, почакай д'идем двама!"
Па се спусна к'нейна мама
да ковлади тя Стояна,
че отива на поляна.

Ей изкочи стара майка
на висок и хубав чардак:
ахна, търти се, заплака,
като видя кървав байряк,

че се байряк там ветрее
сред юнаци, сред дружина,
и Стоянка се белее
в прегръдките у Дойчина.

Като зърна той, че иде
неговото мило либе,
из юнаци той изкочи
и към нея с пръст посочи:

"Ей, дружина, хай станете!
Ей я иде — погледнете:
туй е мойта горска птица,
туй е мойта годеница!"

Па си весел, засмян тръгна
да посрещне той Стояна;
наближи я — с пушка гръмна,
като видя, че й засмяна.

И дружина загърмяха
на засевки, та запяха;
а тя ръце си разгърна,
та Дойчин я млад прегърна.

А нейната клета мама,
като гледа таз измама,
сълзи лее и проклина
ту щерка си, ту Дойчина.

"Да не цъфнеш, да не пекнеш,
дъще клета, със Дойчина,
да окапеш, дето седнеш —
да не станеш по година!

Дано болест те налегне,
болест, дъще, живеница,
и Дойчин да не убегне
от верига, от темница!

Тоз хайдутин, що го либиш,
на кол утре да го видиш,
че от там се тебе хили
и на горски самодиви!

Че той батя ти измами,
та хайдутин върл направи;
а теб, дъще, клета, мами,
баща, майка та остави!"

От тез клетви се събуди
и Стоенкин баща стари;
той излезе и се чуди
и в главата се удари.

Но кат видя той Дойчина,
дъщеря си и мил сина,
попоглади си брадата
и извика към гората:

"Горо, горо, майко мила,
толкоз годин си хранила

мене, горо, юнак стари
с отбор момци и другари, —

храни, горо, таквиз чеда,
дорде слънце в светът гледа;
дорде птичка в тебе пее,
тоз байряк да се ветрее!"

БОРБА

В тъги, в неволи, младост минува,
кръвта се ядно в жили вълнува,
погледът мрачен, умът не види
добро ли, зло ли насреща иде...
На душа лежат спомени тежки,
злобна ги памят често повтаря,
в гърди ни любов, ни капка вяра,
нито надежда от сън мъртвешки
да можеш свестен човек събуди!
Свестните у нас считат за луди,
глупецът вредом всеки почита:
"Богат е", казва, пък го не пита
колко е души изгорил живи,
сироти колко той е ограбил
и пред олтарят бога измамил
с молитви, с клетви, с думи лъжливи.
И на обществен тоя мъчител
и поп, и черква с вяра слугуват;
нему се кланя дивак учител,
и с вестникарин зайдно мъдруват,
че страх от бога било начало
на сяка мъдрост... Туй е казало
стадо от вълци във овчи кожи,
камък основен за да положи
на лъжи святи, а ум човешки
да скове навек в окови тежки!
Соломон, тоя тиран развратен,
отдавна в раят нейде запратен,

със свойте притчи между светците,
казал е глупост между глупците,
и нея светът до днес повтаря —
"Бой се от бога, почитай царя!"
Свещена глупост! Векове цели
разум и совест с нея се борят;
борци са в мъки, в неволи мрели,
но, кажи, що са могли да сторят!
Светът, привикнал хомот да влачи,
тиранство и зло и до днес тачи;
тежка желязна ръка целува,
лъжливи уста слуша със вяра:
мълчи, моли се, кога те бият,
кожата да ти одере звярът
и кръвта да ти змии изпият,
на бога само ти се надявай:
"Боже, помилуй — грешен съм ази",
думай, моли се и твърдо вярвай —
бог не наказва, когото мрази...
Тъй върви светът! Лъжа и робство
на тая пуста земя царува!
И като залог из род в потомство
ден и нощ — вечно тук преминува.
И в това царство кърваво, грешно,
царство на подлост, разврат и сълзи,
царство на скърби — зло безконечно!
кипи борбата и с стъпки бързи
върви към своят свещени конец...
Ще викнем ние: "Хляб или свинец!"

ГЕРГЬОВДЕН

"Паситесь, добрые народы!
Вас не разбудит чести клыч;
Начто стадам дары свободы?
Их должно резать или стричь..."
                    Языков

Ликуй, народе! Старо и младо,
хвалете и днес бога и царят!
Днес е Гергьовден. От овце стадо
тъй блейше вчера подир овчарят,
когато тоз цар, безгрижен, глупав,
както и сички царьове земни,
поведе стадо с кривакът хубав
и с умни псета — министри верни,
без портфейли, но и без заплата,
на кои същ цар и да погледне,
"Блазе й — би казал — живей овцата
и от народът мой по-честито!"
И тръгна стадо с агнета дребни,
върви и крета от път убито,
та сичко младо под нож да легне
за свети Гергя — божи разбойник...
Бездушен, глуп, изгнил покойник.
Жертви ли иска? Иска овчарят,
гладното гърло, попът пиени,
както от тебе, народе, царят
иска за свойте гнусни хареми
и за тез, що те мъчат, обират;
а ти им даваш потът, кръвта си
и играйш даже, кога те бият!
На — днес богати и сиромаси,
пиени там — те песни пеят
и хвалят с попът бога и царят...
Ликуй, народе! Тъй овце блеят
и вървят с псета подир овчарят.

ПАТРИОТ

Патриот е — душа дава
за наука, за свобода;
но не свойта душа, братя,
а душата на народа!
И секиму добро струва,
само, знайте, за парата,

като човек — що да прави?
продава си и душата.

И е добър христиенин:
не пропуща литургия;
но и в черква за туй ходи,
че черквата й търговия!
И секиму добро струва,
само, знайте, за парата,
като човек — що да прави?
залага си и жената.

И е човек с добро сърце:
не оставя сиромаси;
но не той вас, братя, храни,
а вий него със труда си!
И секиму добро струва,
само, знайте, за парата,
като човек — що да прави?
изяда си и месата.

НЕЙ

Питаш ме защо съм аз
дохождал нощя у вас,
как съм скочил през плета
и що щял съм да крада.

Кат мъжът ти не съм стар
да не видя в темна нощ:
аз си имам за другар
на поясът остър нож.

Нощ бе темна като рог,
примъкнах се като смок:
слушам, гледам — сички спят,
спеше си и ти с мъжът.

Там в градина аз седнах,
в ръка силна нож стиснах:
ще излезе, рекох, той,
ще изпита гневът мой.

Гледам вкъщи свещ гори,
вие спите — мен в гърди
силен пламък, яд гори
и гняв ще ме умори.

Впил съм очи във свещта,
а не виждам, че нощта
превали се и мина
и зора се веч сипна.

Славей песен си запя:
с радост среща той зора:
през прозорецът глава
се показа и засмя.

Тебе тутакси познах
и тогаз се чак стреснах;
"Друг път", славею казах
и през плетът пак скокнах.

Ето защо идвах аз
в темна нощ и грозен час:
ще умре един от нас —
ил мъжът ти, или аз!

ХАЙДУТИ

Баща и син

Я надуй, дядо, кавала,
след теб да викна — запея
песни юнашки, хайдушки,
песни за вехти войводи —

за Чавдар страшен хайдутин,
за Чавдар вехта войвода —
синът на Петка Страшника!
Да чуят моми и момци
по сборове и по седенки;
юнаци по планините,
и мъже в хладни механи:
какви е деца раждала,
раждала, ражда и сега
българка майка юнашка;
какви е момци хранила,
хранила, храни и днеска
нашата земя хубава!
Ах, че мен, дядо, додея
любовни песни да слушам,
а сам за тегло да пея,
за тегло, дядо, сюрмашко,
и за свойте си кахъри,
кахъри, черни ядове!
Тъжно ми й, дядо, жално ми й,
ала засвири — не бой се, —
аз нося сърце юнашко,
глас имам меден загорски,
та 'ко ме никой не чуе,
песента ще се пронесе
по гори и по долища —
горите ще я поемат,
долища ще я повторят,
и тъгата ми ще мине,
тъгата, дядо, от сърце!
Пък който иска, та тегли —
тежко му нима ще кажа?
Юнакът тегло не търпи —
ала съм думал и думам:
Блазе му, който умее
за чест и воля да мъсти —
доброму добро да прави,
лошия с ножа по глава, —

пък ще си викна песента!

I

Кой не знай Чавдар войвода,
кой не е слушал за него?
Чорбаджия ли изедник,
или турските сердари?
Овчар ли по планината,
или пък клети сюрмаси!
Водил бе Чавдар дружина
тъкмо до двайсет години,
и страшен беше хайдутин,
за чорбаджии и турци;
ала за клети сюрмаси
крило бе Чавдар войвода!
Затуй му пее песента
на Странджа-баир гората,
на Ирин-Пирин тревата;
меден им кавал приглаша
от Цариграда до Сръбско
и с ясен ми глас жътварка
от Бяло море до Дунав —
по румелийски полета...
Един бе Чавдар войвода —
един на баща и майка,
един на вярна дружина;
мъничък майка остави,
глупав от татка отдели,
без сестра, Чавдар, без братец,
ни нийде някой роднина —
един сал вуйка изедник
и деветмина дружина!...
Хлапак дванайсетгодишен,
овчар го даде майка му,
по чужди врата да ходи,
на чужд хляб да се научи;
но стоя Чавдар, що стоя —

стоял ми й от ден до пладня!
И какво да ми спечели?
Голям армаган на майка —
тез тежки думи отровни:
"Що ме си, майко, продала
на чуждо село аргатин:
овци и кози да паса,
да ми се смеят хората
и да ми думат в очите:
да имам баща войвода
над толкозмина дружина,
три кази да е наплашил,
да владей Стара планина,
а аз при вуйча да седя —
при тоз сюрмашки изедник!
Копилето му да бавя;
час по час да ме нахоква,
че съм се и аз увълчил,
че човек няма да стана,
а ще да гния в тъмница,
и ще ми капнат месата
на Кара-баир на кола!...
Проклет бил човек вуйка ми!
Проклет е, майко — казвам ти, —
не ща при него да седя,
копилето му да бавя
и крастите да му завръщам.
Яли ги свраки и псета!
При татка искам да ида,
при татка в Стара планина;
татко ми да ме научи
на к'ъвто иска занаят."
Зави се майка, замая —
камък и падна на сърце;
гледа си в очи Чавдара,
във очи черни, големи,
глади му глава къдрава
и ръда клета, та плаче.

Чавдар я плахо изгледа,
и с сълзи и той на очи,
майка си бърже попита:
"Кажи ми, мале, що плачеш?
Да не са татка хванали,
хванали или убили,
та ти си, мале, остала
сирота, гладна и жъдна?"...
Прегърна майка Чавдара,
в очи го черни целуна,
въздъхна, та му продума:
"За тебе плача, Чавдаре,
за тебе, дете хубаво,
писано още шарено:
ти ми си, синко, едничък,
едничък още мъничък,
а лоши думи хортуваш; —
как ще те майка прежали,
да идеш, синко, с татка си,
хайдутин като ще станеш!
Татко ти й снощи доходял,
за тебе, синко, да пита, —
много ме й съдил и хокал,
що съм те, синко, пратила
при вуйча ти, а не при него —
да види и той, че има
хубаво дете юначе;
далеч ли да го проводи,
на книга да се изучи,
или хайдутин направи,
по планината да ходи.
Триста й заръци заръчал,
в неделя да те проводя
на хайдушкото сборище...
Ще идеш, синко Чавдаре,
едничко чедо на майка!
Ще идеш утре при него;
ала те клетва заклинам,

ако ти й мила майка ти,
да плачеш, синко, да искаш,
с дружина да те не води,
а да те далеч проводи,
на книга да се изучиш —
майци си писма да пишеш,
кога на гурбет отидеш..."
Рипна ми Чавдар от радост,
че при татка си ще иде,
страшни хайдути да види
на хайдушкото сборище;
а майка ядна, жалостна,
дете си мило прегърна
и... пак заръда, заплака!...

ЗАЩО НЕ СЪМ?...

Защо не съм и аз поет,
поет като Пишурката?
Ех, че ода бих направил
на баба си на хурката!

Защо не съм и аз поет,
като Сапунова трети!
Че запял бих, че възпял бих
на владиката конете!

Но защо не съм Владикин,
да напиша чудна драма —
за жабите, за мишките,
и боят им с цар Радана?

Защо не съм и Войников,
плодовит, прочут списател,
да съставя и молитви
на нашия цар създател?

Защо не съм и Пърличев,

34

да преведа Илиада;
но с такъв превод, за който
и лобут да ми се пада?

Но защо не съм Славейков,
да заплача, да запея:
"Не пей ми се, не смей ми се,
от днес вече ще да блея"?

Но защо не съм и Вазов,
"вярата" си да възпея:
че ще стане вълк овцата,
а певците като нея?!

ПОСЛАНИЕ

на Св. Търнвоски

Свети владико! Пастир народен!
Днес тебе песен пея за слава
и казвам, отче, ти си достоен
не за епархия — за държава.

Но като човек религиозен,
искам да зная — ще знаем двама —
де е и нашът попец опопен —
в черковата ли, или в хамама?

Защото, отче, в село приказват,
че в Ески-Загра кога си ходил,
дърво ли, поп ли — това не знаят —
на баните си го уж опопил.

ОБЕСВАНЕТО НА ВАСИЛ ЛЕВСКИ

О, майко моя, родино мила,
защо тъй жално, тъй милно плачеш?
Гарване и ти, птицо проклета,

на чий гроб там тъй грозно грачеш?

Ох, зная, зная, ти плачеш, майко,
затуй, че ти си черна робиня,
затуй, че твоят свещен глас, майко,
е глас без помощ, глас във пустиня.

Плачи! Там близо край град София
стърчи, аз видях, черно бесило,
и твой един син, Българийо,
виси на него със страшна сила.

Гарванът грачи грозно, зловещо,
псета и вълци вият в полята,
старци се молят богу горещо,
жените плачат, пищят децата.

Зимата пее свойта зла песен,
вихрове гонят тръни в полето,
и студ, и мраз, и плач без надежда
навяват на теб скръб на сърцето.

ПРОЗА

O, tempora! O, mores!
ДЛЪЖНОСТИТЕ НА ПИСАТЕЛИТЕ И НА ЖУРНАЛИСТИТЕ
ПОЛИТИЧЕСКА ЗИМА
СМЕШЕН ПЛАЧ
НАРОДЪТ ВЧЕРА, ДНЕС И УТРЕ
ПЕТРУШАН

O, TEMPORA! O, MORES!

O, tempora! O, mores! Седя и се чудя, защо човек се сърди, кога му речеш: магаре, свиня или вол; и не се сърди - дору още се радва, кога му речеш: пиленце, гълъбче, славейче, дори още котенце и теленце? Дали славеят принася повече полза в обществото на човеците, отколкото благородната свиня, тази производителна сила в природата на животните, на която само като погледне човек, наумява му нещо аристократическо, нещо възпитано и на дължина, и на широчина? Дали пилето има повече мозък, повече ум, отколкото почтеното магаре, този философ не само между животните, но и между човеците? Или пък гълъбът е по-непорочен и по-достоен в нещо от скопения вол, туй подобие на нашия търпелив народ? Но иди и речи такава дума на нашите, например (ний се с примери ще говорим) литератори, поети, вестникари, чорбаджии, учители и прочие раби божии, та виж какво ще ти се струпа на главата от сичките тези труженици в полето на глупостта. Музикословеснейшият господин Пишурка, за честта на музите и на неговата "госпожица правда" и "мадам кудкудячка" ще те повика на дуел или, поетически да кажа, на полето на честта.

Мудроглупейшите и изряднейшите последователи на нашия Сумароков (нека се не сърди г-н Войников, че му дадохме това име. Сумароков е малко по-долен поет от великия Тредяковски) - почтените господа Пърличев, Сапунов, Пискюллиев, Оджаков, Станчов, Фингов, Деребеев

37

(уху!), щурците на Блъсковото училище за мишките и сички нищи духом и богати глупостию, - сичките ще те потеглят, щеш не щеш, на съд пред парнаските богове, дето, разбира се, председателствува философът с дългите уши; а други, за кои истината не е тъй тежка и горчива, сир. онез табан суратларъ, на които и в очите да плюеш, те ще казват, че е божа росица - каквито са благородните напр. х. Иванчо Пенчович ефенди, Христо Арнаудов ефенди, Никола Генович ефенди, сладкото перо Михайловски, учителската фабрика Груев, синът на Мита Патката - Павлов, сиамските братя Балабанов и Овчов, букурещката "Добродетелна дружина" за обиране на умрелите и все и вся дебелокожа породица и чорбаджийска - всички ще кажат: "Оставете тоз чапкънин; човек без работа, заловил се да ни гложде цървулите и да маскари пречистите ни лица, създадени по образу и подобию божию. "А! Незлобливи пиленца, гълъбчета, славейчета и теленца! "Будилникът" не ще бъде тъй глупав, защото не му е изпила още кукувица ума като на "Звънчатий Глумча" (Глупчо трябвало да се каже), и тъй безбожен като покойния "Тъпан", та да унижава умните, полезните и трудолюбивите животни с вас, подвижници на пищеварението. "Тъпанът" беше омаскарил веднъж една магарица, като казваше, че тази почтена майка родила букурещките български нотабили; но затуй и господ го наказа, та нема рахат и на оня свят. "Будилникът", който знае, че страхът от бога е начало на премъдростта, а почетта към старите начало на добродетелта, ще се пази като от огън от такива неща - да унижава животните. Неговата програма ще бъде: да гуди сяко нещо на мястото му и сичко да краси с боите му. А ако има нещо общо между споменатите в тая молитва раби божии и животни, то българският зоолог и доктор (ъ-хъ! доктор ами?) Начо Планински, който беше написал едно време -Зоология за българите", нека се потруди да реши тази велика задача, този всемирен вопрос, та на Куковден, когато се напечати тази книга, да види ученият свят какво ще рече: "Зоология за българите". Дотогава ний ще се препираме, че нито

Генович, нито Найденов имат нещо общо с животните и с човека. И наистина какво общо напр. между занятията на магарето и работата на ефендето и черибашият? Философът с дългите уши носи на гърба си: дърва, вода, брашно, хора, и с това принася голяма полза, а ефендето издава органа на шпионите "Турция", а черибашият - органа на идиотите "Правото" и с това приносят вреда; философът върши само онова, що може, а черибашият сичко, що не може; магарето никога не лъже, а ефендето го е срам да каже някога право; магарето пости и затова ще отиде в християнския рай, Генович яде пилаф и ще отиде в кочината на Мохамеда - а черибашият, който в турско село държи рамазан, а в българско яде сланина, той на оня свят ще яде от коритото на Гилдебранда.

А-ха, има едно нещо, за кое, ако се улови българският зоолог, ще може да обори мнението ни. То не е тъй важно, та можехме да го премълчим, но "понеже обаче сърцето ми плаче за моя народ", както казва г-н Великсин в едно стихотворение, ще го кажем: юларят! Юларят и самарят! -Звънчатий Глумчо", вместо да говори глупости, добре би сторил да прикачи юларя на ефендето, а самаря на черибашият, па хайде като сюрюджия на изложбата във Виена, та да видят и европейците какви стоки има българският народ, когото едни наричат "немци на юг", други - "англичи на восток", а той не е друго освен вол в хомот, роб на бръснатата глава и на калимавката, роб и сам на себе си.

ДЛЪЖНОСТИТЕ НА ПИСАТЕЛИТЕ И НА ЖУРНАЛИСТИТЕ

Послушайте, мои мили гълъбчета, моите старешки съвети и възползувайте се от обстоятелствата. Който от вас остане без работа и няма с какво да живее, който от вас изпадне и не може да прехрани жената си и децата си и който от вас има намерение да стане "благороден" просяк и да живее по-лесно от "неблагородните" просяци, ние го съветоваме или да стане учител, или да пише различни книжки, или да издава вестник. Тия три занятия са и лесни, и полезни, и честни, и сити. А нашата публика? - Не грижете се за тая публика. За тая публика между ахтоподът и шопските цървули в Мраморно море, между кокошката и гаргата и между Мемиш паша и Нютона не съществува никакво различие. И така, купете си пера и мастило и захванете своите занятия, колкото се може по-скоро, защото днешнйото развитие на българския народ е най-благоприятно за врабците.

Слушайте и това. Ако някой се осмели да ви каже, че сте бездарни, че сте луди, че не знаете какво говорите и че мозъкът ви се намира в петите, то го изпсувайте с хамалски виражения, наречете го шпионин и народопродавец, кажете му, че той е продал совестта си и перото си на японците, на абисинците - това е се едно, - и помолете публиката да го не слуша и да не принимава думите му за факти. Разбира се, че публиката има свои слабости, следователно вие, ако искате да попаднат вашите думи на здраво място, сте длъжни да похвалите по-млечните крави и да им дадете титли: "сахарчица", "халвица", "високоблагородия" и пр.

Слушайте, братя врабци и цанцугери! Аз мога да ви уверя, че ако послушате съветите ми и ако се възползувате от обстоятелствата, то вашата прехрана е обезпечена и вашето име ще да се почита и уважава от восток до запад. Но тежко ви и горко ви, ако похвалите някой сиромах, някой хъш или някой западнал търговец! Ако направите подобно престъпление, то работата ви е спукана. Чорбаджиите не обичат оние писатели, които турят имената им на един ред със сиромасите. Вардете се. Слушайте още и това. Ако някой чорбаджия ви помоли да го не хвалите във вестника си и да го не срамите пред оние, които познават неговите "несъществующи" благодеяния, то вие го не слушайте. Маслото не разваля яденето, а похвалата не произвежда пагуба за кесията. "Кроткото агне от две майки суче" - говори българската

40

пословица, а в пословиците се заключават стари истини.

Хвалете и не бойте се. Хваленето не иска хляб и топли обуща, а за лъжите не вземат нито гюмрюк, нито бедел-парасъ. Вашата стока ще се продава без акциз и без полицейски надзор, следователно - вие и вашето домочадие можете да бъдете съвсем спокойни. Ако някой от вашите граждани направи някое беззаконие и ако тоя гражданин ви плаща акуратно за годишното течение на вестника, то и в такъв случай вие сте обязани да премълчите и да не говорите за това беззаконие.

Ако премълчите, то няма да ви се отяде от езика, а ако не премълчите, то няма кой да ви каже "аферим". Секи човек има свои грехове и сяка душа се бои от адските духове, следователно мълчанието е една от ония добродетели, които се похваляват от сяко пъповъзвишение и от сяко щастливо миропомазание. "Ох, агне мое, мълчанието е голяма добродетел" - говорят калугерите на своите неопитни почитатели, които се приготовляват да бъдат техни ублажители. "Ах, чедо мое, мълчанието е Христова добродетел" - говорят духовниците на елеокожите вдовици, които се приготовляват да живеят "о господе". "Ех, мой синко, мълчанието е една от най-главните комерчески добродетели" - говори пъповъзвишеното величество на своите подчинени, които му помагат да се кълне пред купувачите си и да лъже и с ушите си. Идете после това и не говорете, че мълчанието е голяма добродетел!

После мълчанието върви смирението. Ако желаете да ви хвалят хората и ако ви се иска да живеете наготово, то свивайте полите си даже и пред ония свои благодетели, които ви хранят само с мазни обещания. Пословицата, която казва, че "по-добре днес попарник, нежели до неделя тутманик", няма никакво значение за журналистите. Кой знае из коя дупка ще да изскокне заец? С една дума, вие сте длъжни в това отношение да бъдете много по- чисти и много по-кротки християни, нежели Дорчо ефенди. "Ако някой (богат човек) ви удари плесница по едната страна, то вие му обърнете и другата"; а ако някой (богат човек) ви каже, че сте глупави и че не знаете какво бръщолевите, то идете на другия ден и помолете го да ви даде добър и умен съвет за това или за онова ваше предприятие. Ако направите така, то бъдете уверени, че след няколко недели вашето име ще да се прослави по сичкия град и вие ще да бъдете наречени благонадежден и разумен човек.

Третята длъжност на писателите и на журналистите е да просят деликатно и да подмамят своите благодетели с особено изкуство. Ако имате намерение да издавате "Напредок" или "Хитър Петър", то отваряйте ушите си и не лапайте мухите. Когато чуете, че някой базергянин е получил наследство или че е спечелил 20-30 хиляди гроша с някоя леснина, то идете на другия ден при него (в това време той тряба да има кеф), разкажете му своето незавидно положение, обвинете времето и скъпията (и скъпията е богоугодна на пъпестите базергяни) и явете му умилително и сладкозвучно, че вашата най- голяма дъщеря е порасла вече и че възрастта й ви задава големи грижи (N.B. Даже и женените сърца биват нежни към пораснали те дъщери). Когато извършите сичкото това, то повдигнете малко страните си, захлупете отчасти очите си, поухилнете се кисело и помолете великия патриотин да запише няколко екземпляра от вестника ви и да ги хариже на сиромашките деца. Слушайте и това: ако тоя благодетел на човеческия род ви каже, че той няма време да чете и че вашият вестник му се не харесва, то и в такъв случай не губете куража си. "Не четете, а сичко знаете" - му кажете вие и вашият успех ще да влезе сам в джеба ви. А какво трябва да пишете в своите книги и вестници и какви идеи сте длъжни да проповядате? О, за това не трябва ни да мислите. Земете пример от "Хитър Петър", поучете се из "Гражданин", възползувайте се от програмата на "Напредок", приемете направлението на "Източно време", усвойте клисурските идеи на отец "Век", изучете премъдростите на "Дунав", оженете се за "Училището", нахрапайте се из "Читалището", и вашата работа е свършена. Ние не живеем вече в оние темни времена, когато нашите писатели и журналисти ходеха да търсят душевна храна по гръцките купища и по турските кавенета. Днес царува XIX век. Разбира се, че ние говорим тук не за Балабановия "Век". Тоя "Век" не прилича даже и на своя брат "Напредок", когото самата природа е създала отличително от сичките други живи същества. В нашия деветнайсети век българската литература се е обогатила даже и с такива съчинения, които ще да научат Паничката да слуша, г-на Ангелаки Савича да мисли, Найденова да блее, г-на Геновича да сънува, отца Балабанова да преде, а дяда Блъскова да плете чорапи.

И така, падайте на колене и поблагодарете, мои мили врабци и цанцугери, бача си Добря Войникова, който се е постарал да ви напише "Теория на словесността" и който се е завзел да ви направи хора. Нам отдавна вече е нужен такъв човек и такава книга. Също говори и остроумният критик във в. "Напредок". Досега хората са се учили в различни училища и изучавали са всевъзможни книги и науки, а отсега работите ще да се опростят и улеснят. Земете книгата на Войникова, прекръстете се, прочетете я и станете разумен човек и остроумен писател. Разбира се, че ако отец Марко Балабанов да би се родил после г-на Войникова, той не би ходил в Париж да изучава Ламартина и не би се върнал без мозък. Но историческите съдби са необясними. Боже мой, кой дявол се е надеял, че из главата на г-на Войникова ще да се роди такава нравствена сила, която ще да захлупи под калпака си даже и г-на Оджакова и неговата "Наука за песнотворството"! Както щете, а на г-на Войникова тряба да се окачи голямото петало. (Букурещките чорбаджии завиждат.) Ако г-на Оджаков ни учи само да пеем "Чам-чам дибинде", то Войников ще да ни научи да мислиме (радвай се, г. Сапунов!), да пишеме (радвай се, г.Найденов!), да разсъждаваме (радвай се г. Савич!), да философствуваме (радвай се, Мемиш паша!), да дипломатизираме (радвай се, дядо Блъсков!) и да мъдрословиме (радвай се, г. Войников!). Из последния брой на "Хитър Петър" се види, че влиянието на г-на Войникова се разпространява необикновено бързо. Боже мой, и г. Паничков е захванал вече да блее, а ние сме имали слабост да мислиме, че това словесно животинче е способно само за клисарин или за "червочист" по касапниците. Идете после това и не радвайте се г-ну Войникову! Но г. Паничков си има и вроден талант. Секи от вас знае, че зимно време в Калофер остават само жените, селските терзии, копачите и поповете, защото мъжкото население отива в Цариград да шие на Амбарът. В това време в Калофер дошел нов ага. А кой ще да го посрещне? Жените и поповете решили да изпроводят г-на Паничкова да се поклони на забитина и да му каже "добре дошел", защото г. Паничкова още в онова време се считал за "окумушин". Г. Паничков отишел в конака, поклонил се на агата и рекъл му смирено: "Сен сън пезевенк, аго!"

Разбира се, че на агата се не харесало това приветствие и той захванал да бие калоферския "окумушин". Тряба да ви кажа и това, че из къщата на г-на Паничкова се видел конашкият двор, а сестрата на окумушина стояла на прозореца и гледала как ще да бъде посрещнат брат й от агата. Когато тя видяла, че бият "окумушина", то извикала: "Мамо, а, мамо, бият Димитърча!" - "А защо го бият?" - попитала майката. - "Димитърчо наддума агата" - отговорила дъщерята. Из сичкото това вие видите твърде ясно, че редакторът на "Хитър Петър" е бил знаменит още в онова време, когато е мислил с мозъка си, когато е слушал с ушите си и когато е говорил с устата си.

Но както и да е, а българската журналистика напредва. Ние сме твърдо уверени, че ако се появят още един "Хитър Петър", още един "Гражданин" и още един "Напредок", то българският народ ще да отнеме "Баламук" и лудите ще да останат без столнина. Токвил говори, че сяко едно правителство прилича на народа си, а аз ще да кажа, че българската журналистика прилича на нас с вазе. Когато публиката няма нужда за здрава храна, то за шарлатаните се открива широко поле. Нека ни дава господ бог повече разум и по-малки пъпове!

ПОЛИТИЧЕСКА ЗИМА

"Дали се зора довърши, или се две нощи смесиха?"

Приятно нещо е да има човек топла соба, самун хляб, парче сланина и няколко глави праз лук, пък да легне и да мисли или да спи и да сънува. Приятно е, но да има и една от тие две болести: или млада жена, или стар ревматизъм; лежиш, лежиш, а мисълта ти като у немец, пълна и богата като готварница, дълга и безконечна като суджук - суджук, с който във виенския райхстаг немците и маджарите бият по главата славянските депутати; а въображението ти като у арапин, силно и остро като тюмбекия - тюмбекия, която е крайно полезна за краставите народи, - пламенно и възвишено като дим. Дим, дим! Под който ние българите така сладко спим. Мислиш, мислиш, пък се попротегнеш като философ, прозевнеш се като дипломатин, почешеш се в тила като политик и ако ти позволи жената или ревматизмът да заспиш, то спиш като Крали Марка.

Заспиш и сънуваш... Но какво сънуваш? - Сънуваш, че светът прилича на кръчма и че гладните, дрипавите и измръзналите народи са се събрали в нея и на колене въздават хвала Бакхусу. Г-н Бисмарк възседнал земното кълбо и точи из него пелин за здравието на Германия; дядо Горчаков раздава коливо за "бог да прости" славяните, майстор Андрашия свири чардаш и кани чехите, сърбите и хърватите да попеят и да поиграят на гладно сърце; Мак Махон плете кошница за яйцата, които Франция ще да снесе през немските велики пости на Елзас и на Лотарингия; лорд Дерби си точи севастополската костурка, за да надроби прясно сирене за европейската търговия на возток и за да отреже от бутовете на някое диво африканско или азиатско племе бюфтек за английското човеколюбие; испанските "братовчеди" са застъпили тялото на майка си, бозаят кръв из нейните гърди и плюят един другиму в очите; владетелят на чизмата се наговаря с човека от Капрера да изчистят блатото на Рим (не папата, който ще да се изчисти сам) и наместо хляб и макарони, да дадат чист въздух на Мациниевите дечица; безбрадото пръчле на солените възседнало буцефала на Александра Македонски и исторически иска да докаже, че само немецът може да бъде пастир на козите; босфорският пилафчия подсмърча до вратата на кръчмата, яде червата на раята, пие дипломатическа боза и вика: "Аман от пиени хора." Множество малки и големи господа духат на своите измръзнали ръце, гледат с особено равнодушие на просяците, молят се богу за плодородието на човеческият род и за изобилието на хорската глупост и слушат как вият вълците в гъстата литературна и финансиялна мъгла и как плачат децата на Европа за лятото на науката и на цивилизацията.

А ти, българин и патриотин, гледаш на сичкото това с особено недоверие и думаш: "Суета сует и всяческая суета." Светът е кръчма, а ти тряба да плачеш със смях, да се смееш със сълзи и насън да виждаш лятото на Балканския полуостров. "Щастлив е, думаш, българският народ, щастливи са грешните в мъката, щастлив съм и аз в своята топла соба." Лежиш на гърбът си и благодариш всевишния таван, че по неговата непостижима милост ти имаш барем покрив над главата си; снегът те не вали, мухите те не безпокоят, в червата ти не произхожда никаква революция, ревматизмът те не безпокои, жената ти те не мъчи, парите ти се не губят; а на четирите стени на стаята ти мухите ти оставили в наследство цели томове списания на български език. Наместо икона над главата ти виси портретът на н. в. султана, покрит с тънко едно було от лионската фабрика на паяците; под портрета е залепен ферманът с 11-те точки на българското щастие, а във ферманът волята на негово императорско величество, небесният представител на влашките българи, г. Пандурски, и горещите желания и надежди на нашите цариградски патриоти. Земи си един комат хляб, малко сланина и една глава лук, пък чети: "Моята царска воля е, щото сичките животни по държавата и верни мухи поданици да могат да помагат, доколкото им се пада на гърбовете, на ежедневните ми царски подаяния, които полагам за достигане до по-висока степен на моето затлъстяване и за благоденствието на моята обширна кочина." А по-надоле следва рахатлъкът на екзархията, правдините на българския народ и кефът на босфорският Саул. "Но какво [по] дяволите! Животни ли сме ние, животни ли са нашите владици, учители и вестникари? Протестуваме!" Не бойте се, господа, аз сънувам. Дайте ми да прочета цариградските български вестници и аз ще да си зема думите назад, т.е. ще да се уверя, че по сичките краища на паяжината е тихо и мирно и че сичко блаженствува под дебелата сянка на паякът. Само - църррр! Там на една муха изпили кръвта, тука на друга светили маслото; там вързали 50-60 души за рогата и ги карат на място злачно и на място покойно, т.е. в Диарбекир и в Акия; тука връзват други и им четат басгята за вълка и агнето; там окачили едного на въже да се поизсуши. "Но ние имаме училища, читалища, екзархия, литература, журнали, правдини - имаме младо поколение..." Да, да! Имате! Кой ви казва, че нямате! Но ако е работата да се хвалиме, то и ние имаме тука, в Румъния. Откогато г-н Пандурски остави своята знаменита политическа и литературна кариера и откогато на хоризонта на българската литература се появи съзвездието "Блъсков" и "Дружеството за разпространение полезни знания"оттогава науката, поезията, педагогията и литературата потекоха из крачолите на българския народ и на неговото книжевно щастие захванаха да завиждат даже и манджурите; откакто цариградските ханъмки родиха литературно-политическо списание "Ден", то Милош Милоевич престана вече да разпространява сърбизмът из България; откакто "Училище" роди богобоязливият редактор на "Градинка", то нашите учени младежи престанаха вече да псуват света Богородица;

откакто отец Марко цанцугерът турна на своите глупости заглавие "Век", то великите български пости станаха 365 дена в годината; откогато "Право" се кръсти на "Напредок", то българският поет Славейков зави чалма и захвана да пее "аман, аман", а откогато "Levant Times" се преведе на български, то нашите патриоти захванаха да плетат мрежа, за да покрият народът от политическия студ, от литературната мъгла, от революционната виелица, от индустриалния сняг, от економическото пиянство и от белите, черните и сивите цариградски вълци; а откогато, най-после, "Читалище" се обеща, че от Нова година (т.е. от първи януари на деветнадесетия век) ще да се оправи и няма вече да печати гениалните глупости на нашите литературни телци, то колата на европейската цивилизация останаха без катран и заскърцаха въз баирът на българския напредък; умствените чакръчета на нашето младо поколение замръзнаха и пуснаха вощеници за "упокой" на грешните и живоумрелите политически и литературни души; а в пияцата (т.е. по бит-пазар) на нашето умствено развитие произлязоха такива важни операции и такива чудни метаморфози, щото при броениците на нашето калугерско щастие се притуриха още няколко стотина зърна, с които ние няма никога да изчетеме своите навечерки и никога няма да дочакаме "светлото Христово возкресение".

И наистина, погледнете със слепите си очи на главите на нашите мудрословеснейши патки и вие тутакси ще да видите, че по тях отдавна вече са захванали да растат различни литературни зеленчуци, сякакви политически бурени и всевъзможни научни билки; а нощта се не свършва, зимата се не изминува и патриотите лежат в свойте топли стаи, сънуват настрадинходжовски сънища и чакат да съмне, за да ги разкажат на своята революционна Пенелопа и на нейните сополиви любовници. Но и аз съм патриот, господа! Топлата соба, изпросеният хляб, харизаната сланина и краденият лук довождат стомаха ми до такова поетическо настроение, щото и аз сънувам, че скоро ще да дойде равноправното лято. Облаците ще да произведат революцията, политическите дъждове ще да пометат гюбрето из моя двор, пред вратата ми ще да огрее слънце, народите ще да изпъплят из кръчмата и ще да се запощят на припек; а аз ще да изляза из своят палат да се порадвам на ясното небе, на миризливите цветя и ще да запея: "Гледайте, очи, ненагледайте се!" И да се ненагледаш! Пред вратата ти се събрало на конгрес племето, което едно време е избавило Рим, и с патриотически крякания се приготовлява да направи преврат в историята на гастрономията; почтените и важните кокоши физиономии се разхождат по двора и правят археологически открития по купището, за да снесат яйцето на общото южнославянско щастие; коронясаните венценосци се борят помежду си, земат стратегически позиции и кукурикат за близкото решение на возточния вопрос; а младото поколение изникнало покрай дуварите и чака да го огрее слънцето откъм запад, за да каже своята последня дума за живота, за характера и за стремленията на гъбите. А ти... О! Ти си българин и патриотин! Запей песента "Гъби, мои гъби", пък легни и сънувай, че си предводител на гъските, цар на кокошките и защитник на българския народ. Но преди сичко попитай жената си или своя мозъчни ревматизъм, изминала ли се е зимата, превалила ли се е нощта? Ако ти каже, че не е, то ти спи, както си спиш и сега, завивай се в своята мрежа и извикай сам: "Дали се две нощи смесиха, или се зора довърши? Кукурику! - Ето петлите! Джав, джав! - Ето кучетата! Зимата се свърши и нощта се измина."

СМЕШЕН ПЛАЧ

Плачете за Париж, столицата на разврата, на цивилизацията, школата на шпионството и робството; плачете, филантропи, за палатите на страшните вампири, на великите тирани - за паметниците на глупостта, на варварството, изградени с отсечените глави на толкова Предтечи, на толкова велики мислители и поети, с оглозганите кости на толкова мъченици за насъщния хляб, - плачете! - лудите не може никой утеши, бесните не може никой укроти!

Кълнете комунистите, че съсипаха столицата ви и измряха с разбойническите за вас думи: свобода или смърт, хляб или куршум! Плюйте на техните трупове и на труповете на онези жертви на цивилизацията, кои сте прегръщали и прегръщате в лицето на жените си, на сестрите си, на майките си и днес наричате бесни блудници, защото имаха още сила да се хванат за оръжие и избавят от вертепа на разврата! Хвъргайте кал и камъни връх гроба на Домбровски, защото не стана слуга на някоя коронясана глава, а поборник на велика идея, на висока цел и с гърди твърди се опря на предателите на Франция и виновниците на толкова злочестини в човещината. Цял свят оплака Париж, цял свят прокле комунистите, и нашата бедна журналистика и тя не остана надире, и тя заплака за бездушното и прокле разумното.Смешен плач! Като че от Нимврода до Наполеона, от Камбиза до Вилхелма войната не представя едни и същите зрелища, една и същата цел с едни и същите средства. Като че Наполеон, в името на цивилизацията и Вилхелм, в името на божия промисъл, не направиха повече зло, повече варварство в 19-ий век, отколкото напр. Александър Македонски с походите си преди толкова векове. Но там е варварството, там са укорите и проклятията, дето робът, човекът, като не чуят думите му, разума му, улавя се за крайност и се бори на живот и смърт, доколкото му позволяват средствата, които са низки, защото са малки, а малки само затуй, защото им са ги отнели господарите. Тогава човекът наричат разбойник, развратник, низък и варварин! Такива бяха и комунистите.

Християнството има своите мъченици, доде нарече роба "син божий, син человечески"; има ги и революцията, за да "направи скитника гражданин"; има ги и ще ги има и социализмът, който "иска да направи човека повече от син

50

божий и гражданин - не идеал, а същ човек, и от него да зависи градът, а не той от града". Християнството, революцията и социализмът - монархията, конституцията и републиката - те са си фактове и епохи исторически, кои ще отрече само тоя ум, който не признава прогреса в человечеството.

Училището и само училището, казва баба Македония, ще избави Европа от социален преврат - училището и само училището, повтаряме ний, ще я приготви за тоя преврат; но не училището на Златоуста и Лойола, на Вилхелма и Наполеона, а онова на Фурие и Прудона, на Кювие и Нютона - и училището житейско.

Комунистите са мъченици, защото не са важни средствата в борбата им за свобода, а идеята на тази борба. "И свободата ще има свойте езуити", казва Гейне. Нека сега нашата журналистика задържи сълзите си, както ще ги задържи в европейската - за да оплаче други столици, други варварства и страдания, кога робът извика на господаря си: кой си ти, що плачеш? Мъж ли си, жена ли, или хермафродит - звяр или риба?... И ще бъде ден - ден първий.

НАРОДЪТ ВЧЕРА, ДНЕС И УТРЕ

Мрачна и жалостна е нашата история от подпаданието ни под турците дору до днешните времена, тежък и възмутителен е животът на свободолюбивия някога български народ! Страшен хомот, какъвто тежи и до днес на врата му, гъбясал от векове и запрегнат с ятаган вместо жегли; тежки вериги, ръждясали от кърви и сълзи, вериги, в кои са заковани и ръце и нозе, и ум и воля, и в кои и до днес пъшкат бащи и майки, братя и сестри, дядове и синове - злодейства, безчестия, колове, бесила, мъки, тъмница, - най-после даалийци и кърджалии, фанариоти и чорбаджии, черкези и татари, - с една дума, зло, варварско зло, кое само едно азиатско въображение може обхвана, зло от завоевателя Мурада до читашкия реформатор Азиса - това са страниците на тази история, на това наше в ч е р а. Кървави страници, горчиво преминало! Но д н е с, днес не е ли пак същото черно тегло, същият хомот, същите вериги?

Освен тези, що нямат талант да търпят, освен няколко хиляди волнодумни изгнаници, всеки раб божий с християнско смирение ще ни отговори: "Не, днес си добре живеем с турците, те се образоваха и нам олекна." И наистина, сега кого убиват, кого бесят, кого набиват на кол, кой плаща диш-хакъ и развожда вместо кон цървула на краставия гаджелин, кой? ... Но да казва разорения и добития народ, да кажем и ний по совест: днес не убиват никого беззаконно, а законно, не набиват на кол, а като кол всякого н а б и в а т, не бесят вкъщи по стрехи и по черници, а на отредени места за гявурски касапници; днес никой не развожда цървула на читака, а сякого като цървул развождат по ангарии и тъмници, никой не плаща диш-хакъ, а сякому и зъбите вадят за данъци и сякакви законни кражби, имдадиета и севдадиета; днес няма даалийци, няма кърджалии, няма фанариоти, кои да палят пленят села и градища, едни да убиват, а други да земат д у ш е д я л и к е в ш п а р а с ъ за вината на умрелия и убития - днес има правителство, което само изпълнява тези длъжности към раята и държи за това чиновници, рязани и кръстени, с чалми и калимавки, с дълги и къси пискюли, чиновници, кои от вълчия везир Али паша до мечкарина жандарм Кел Мехмед ага, сир. от скиптъра до сопата - всичките притежават най-високите добродетели, дори и човещината, с коя се отличават братята им черкези и татари. И всичко това в Турция е реформи, и реформи здрави и трайни, основани на дълбоката любов между турчин и българин, между господари и роби.

При тези радикални реформи, ако и да се случва да нападнат някои правоверни къщата на гяурина, да го убият или удушат, да обезчестят жена му или дъщеря му, а сина му да извлекат и жив на огъня опекат, то това са изключения и случайности, защото не стават всяка неделя в една и същата къща, всяка нощ в едно и също село. И освен това правосъдното правителство с голяма строгост наказва виновниците, като им отнеме половината и повече печала и ги гуди на най-тежка работа - кърардари или заптиета, за да гонят виновните на други още по-маловажни случайности, кои стават аллахън кърънда - думи, кои на езика на нашите аги имат туй преносно значение, че престъпника на къра тряба да се остави на правосъдието божие. От туй нашите баби и майки, кога оплакват мъжете си и синовете си, утешават се с тази - не знаем как да кажем - клетва или молитва: "От бога да намери душманинът!" Иди сега при тоя прогрес в правосъдието, та думай, че в Корана няма ни логика, ни психология, а в Наполеонова кодекс здрав смисъл; иди и повярвай англиеца г-на Монсела, който преди десетина години, във време на сирийските ужаси, изрече в палатата на общините и в лицето на приснопометения лорд Палмерстона, този неразкаян грешник в работите на Изток, следните тежки думи: "Колкото и да желае благородния лорд да поддържа трона на султана, тряба да се надеем, че той не ще поиска както и да е да забраня такава система, при коя са възможни подобни ужаси. С чувство от дълбока скръб си припомням за участието, кое приемах в 1855-56 с повечето от палатата в парламентските усилия да поддържам Турция. Сега видя, че националният характер на турците е неизправим."

Тука ний бихме утешили благородния джентълмен, бихме опровергали мненията и острите съждения на много недоброжелатели на нашите пилафчии с фактове и примери, кои пълнят домашната хроника на всяко село, на всеки град, и то не отдавна, а от времето на Къбразли Мехмедпашовите ревизии, откога в Турция се въведе някакъв си ред и равенство в кражбите и пълна система в напрешните убийства, злодейства и всякакъв род притеснения - ала що щяха да значат нашите думи при онези на Лонгворта и подобните нему шарлатани чиновници и продадени журналисти, кои тръбят по света и искат и нас дору да уверят, както и увериха някои си извеяни и слепи глави, че Турция, този европейски Китай, този присмех на человечеството и укор на съвременна Европа, ще се преобрази скоро на азиатска Белгия и ще пролее благодатта на европейската образованост по всичките краища на Азия! О, tempora, о, mores! Намерете изкуството на Медея и влейте в жилите на това варварско племе нова, човешка кръв, тогава ще се поколебаем и ний във вярата си, че Турция няма живот, няма бъдеще; но доде турчинът е с този характер, с този фанатизъм, с тази варварска кръв, ни един красноречив туркофил, ни един дълбокомислящ дуалист или ренегат не може ни увери, че турчинът ще бъде някога способен да влезе в пътя към онази нравственополитическа цел, към коя се стреми умът човешки, отрешен от всяко опекунство на духови йерархии и политически мандаринства. Дотогаз най-красноречиви ще бъдат живите рани, що зеят по тялото на народа и по гърдите на неговата емиграция, рани, на кои, като гледаме, напомнят ни всичко, що трябва да влезе в сметка за народно мщение.

Повтаряме - Турция няма живот, няма бъдеще, тя е труп на смъртния одър, когото никакви дервишки баяния на нейните мандарини, никакви дипломатически молитви на западните доктринери няма да я спасят от анатомическия нож. Лекувана по стара метода, с политически кръвопускания и операции, с дипломатически хлороформ, тя изгуби ръце и нозе, провинция след провинция, и отслабна дотолкоз, щото даде място на оназ страшна болест, коя обхвана сърцето й, влезе в дихателните й органи и кръвообращението; тъй щото никаква операция е невъзможна вече. Самите лекари и те забележиха това и след критския шербет, който се даде на Турция от Парижкия консилиум в 1868 г., приписаха й за спокойна смърт и последния рецепт: дуализма. Ще се найдат ли в народната фармакопия на Балканския полуостров елементи за подобен рецепт, ще може ли той възроди

Турция, а главното ще може ли го тя прие, като й са захванати уста и гърло - това и сам Али паша не ще знае, ако ще би живял и до Матусалови години и не изучи българския народ, негова социален живот, негова твърд характер и волска упорност. Инак той и днес щеше да чете между редовете на черковния ни устав други редове, други думи, кои да му казват: "Али, тоя народ е болестта на Турция, а дуализмът е пътникът за нейната смърт!" Ала Али паша е турчин - фанатик и фаталист; той се надей само на кучешката животна сила на племето си и като приима за бъл[гарски] народ тези, що коленичат и скимучат отпреде му, пее и дума: "Жив е аллах, жива е Турция! Много са и робите..." Тъй мислят и нашите чорбаджии и калимавки, тези амфибии, кои в блатото на дуализма намират своя живот, и онез гладички умовце, кои внасят у нас ръждата на западните предразсъдъци и сметта на гнилата вече европейска цивилизация - без да виждат новите явления на живота нито там, дето са се учили, нито тук, дето учат. Не тъй обаче мисли здравата част на наша народ и неговата емиграция, не тъй мисли всеки свесен и искрен славянин, всеки съвременен човек, в главата на кого се не вие паужина, а стяга мозък, и в гърдите не плакне жабина, а тупа сърце. За нас преобразованията в Турско, обещанията, дуализмът, те са думи без никакъв смисъл, призраци и утопии, кои може да се осъществяват нейде си в Китай или Япония, а не на Балкан[ския]полуостров между турци и българи, две племена с противоположни характери, нрави и обичаи, с противоположни миросъзерцания. Изход от туй тежко и гнусно положение не са новите окови, новото разделение на тиранството, а народната революция, радикалният преврат, които са триумфални врата за всеки народ, особено за нашия, който няма преминало, няма настояще, а има едно само бъдеще, и бъдеще светло, защото с другите славяни той ще има що да каже в света, що да внесе в човещината.

Метнете поглед връх историята на българското царство от Бориса дору до подпаданието му под турците, и ще видите, че всичкото историко-политическо преминало на наша народ е било току-речи чисто византийско, и в него са живели само царе, боляри и духовни, а той сам всякога е бил отделен с дълбока обществена нравственост от разврата на правителството си, който разврат заедно с християнството се вмъкна в по-горнята част на народа. Наистина, неведнъж народът е явявал твърдата воля на характера си с въстания против царете си, против духовенството си, както във времето на Богомила и Самуила; но всичко това е ставало само тогава, кога властта или се едно насилието е допирало до къщата му, в коя той сякога е бил нравствено свободен, до семейството му, до понятието му за честта - с една дума, до негова дълбок социален живот, с който се отличават общо славянските народи и частно нашия народ.

Отделен, както казахме, нравствено от правителството си, народът много пъти го е оставял само да се бори с Византия, само да си вади очите за престолонаследие; тъй щото тука и бяха главните причини, дето гърците можаха да завладеят навреме България, а варварските турски орди съвсем да я разорят и тъй с твърд крак да стъпят на врата на народа. Но и при тия страдания, при това страшно насилие, в кое и камъкът би се стопил, българинът се затвори от турчина вкъщи с челядта си и, както и днес, пял е и слушал е вместо византийската литургия свойта елегическа юнашка песен, вместо стрелата и сабята, хвана ралото и сърпа, ходил е по сборове и по седенки, по тлаки и по черковища - и щом варваринът е погазвал огнището му, кое, както и днес, е било обиколено със снахи и дъщери, със синове и унуци - той е оставял ралото и сърпа, гегата и кавала, хващал е бащина сабя, братова пушка и с "дружина вярна и сговорна" отивал е в Стара планина да мъсти за обиди от турци и чорбаджии, да им отнима грабено имане и да пази село и сиромаси.

Такъв е бил българският народ, и ето го и днес пак чист от всяко чуждо влияние, пак с тоя патриархален живот, пак с тази първобитност - след толкова и при такива страдания, пред зори, той се провиква от вратата на къщата си: пее отходня молитва на Турция, на робството; проклина свойто преминало, което е мрачно и той го мрази; свойто настояще, което е тежко и горчиво, та лесно ще го забрави, и вика: бъдещето ми, бъдещето ми! Турция и незваните му водители поднасят му на блюдо преобразования, дуализми, йерархии, но той се туй дума и ще дума: бъдещето ми, бъдещето ми! Но какво е неговото бъдеще?

Нашият народ има свой особен живот, особен характер, особна физиономия, коя го отлича като народ - дайте му да се развива по народните си начала, и ще видите каква част от обществения живот ще развие той, дайте му или поне не бъркайте му да се освободи от това варварско племе, с кое той няма нищо общо, и ще видите как ще той да се устрои. Или не видите семето, зародиша в неговите общини без всяка централизация, в неговите еснафи, дружества мъжки, женски и детински? Или не видите в него и това, що казахме по-горе?...

Всичко това са въпроси и въпроси, важни, затуй ний ще се повърнем да ги разгледаме по-отблизо в след[ващите] броеве на "Думата".

ПЕТРУШАН

Нам казваха, че те са разбойници, излезли из своите вертепи, но те нищо не зеха, нито даже парче хляб; и ний чухме от тях само едно : Дошли сме да измрем за земята си.

Л. Меркантини

Пълни три години са днес от оня героически подвиг, подобни на който виждаме само в историята на Италианската революция; пълни три години са от онуй славно събитие, кое направи епоха както в историята на нашата емиграция, тъй и в историята на нашето политическо и умствено възраждание. Какъв спомен за потомството! Какъв урок, какъв пример за нас, братя емигранти! Шепа решителни млади момци, без никаква революционна организация, без никакви средства, презрени и гонени - момци, кои претърпяха сичко за една благородна свята цел, - минаха Дунава и с живо свидетелство показаха какви съкровища се крият в душата на българина... Наистина, голяма душевна сила трябва да има човек, за да може каза: "Ние си достигнахме целта, защото измираме, а вие още не сте, защото сте живи!..." А това трябва да го каже всеки, който мре за свободата на човечеството, това им казаха с примера си нашите въстаници в 1868 г. под войводите Хаджи Димитра и Стефан Караджа.

Тези мъченици на свободата, що измряха с усмивка на уста, бяха наши приятели, наши братя; с тях деляхме скръб и радост, смях и сълзи; с тях сядахме на бедна и богата трапеза и разговаряхме за съдбата на нашето потъпкано отечество...; с тях деляхме сичко, само смъртта и свободата не можахме с тях да разделим! Затова елате, братя, да ги спомем с добра и свята памят за нази и славна за нашия злочестен народ!

След четите на 1867 г. под войводството на Панайота, Дяда Желя и Филип Тотя, чети, които бяха само за явление на знаменития М е м о а р, който като галванически ток мина през сърцето на народа и възбуди нервите му, а Турция накара да мисли за положението си - съвсем последователно на другата година трябваше да се начне движението със сичка сериозност и сички средства, що можеха да се разполагат в онова благоприятно време, кога Кандия тънеше в кърви и със секи куршум хвърляше и залъка от устата си, а Гърция точеше сабя, Румъния и Сръбско запретнаха ръкави... Тогава ний имахме първия Таен комитет, на позива на когото бяхме се стекли да решим съдбата на народа като ратници славната борба за освобождение. Ала тоя комитет, когото турците по глупост, но праведно нарекоха "комита", като комета наистина показа само свойта бляскава опашка на хоризонта, а кога да покаже ядрото си и се срещне с безжизнения месец, без никаква физическа причина сврна от орбитата си, пръсна се и угасна. - Ний останахме сами да решим и съдбата на отечеството си, и свойта. Нашите астрономи, на кои очите са се въз небето, за да има с какво да се утешават и занимават, обърнаха на "комита" всяко българско сърце и без да виждат що се вършеше по земята и в самите тези сърца, заловиха се за бабини деветини и станаха един на други органи на онзи патриотизъм, който вчера викаше народа на въстание, а днес презря и нарече вагабонти онези, що бяха се събрали да мрат за негова свобода!

Но поврага тоя патриотизъм и тези бездушни "астрономи"! "Не разум, не логика води народите, а магнетизмът на вярването и одушевлението", казва един списател във физиологията на народите - и ако нашите "комети", "астрономи", литератори не знаеха това, то видяха поне, че не лиги като у тях, а кръв течеше в жилите на онез мъченици, за избиването на кои те бяха причина, като, от една страна, измамиха Панайота да за държи толкова опитни и приготвени юнаци, а, от друга, възпротивиха се на приготовленията на Дяда Желя и Филип Тотя - и с това оставиха онез юнаци отвъд без сяка помощ и средства да вдигнат народа...

Дойде пролетта 1868 и на хиляди юнаци закипя кръвта, хиляди бяха готови да идат да измрат за свобода и в две недели да вдигнат сичкия народ на оръжие! Всеки продаваше мило за драго, всеки забравяше бедност и възраст, родители и роднини и всеки думаше: на Балкана, на Балкана! Но де бяха нашите патриоти да разберат туй тупане на сърцето, туй сътресение на нервите? Де бяха да отговорят и те с каква-годе жертва на олтаря за освобождение? Де беше Тайният комитет да хване жиците на психическия телеграф и направи съобщение с всичката емиграция; де беше да даде средства и направление на тази жива народна сила? Патриотите бяха там, дето са и днес, Комитетът мина като комета, а тези, що викаха: на Балкана, на Балкана - едни се отчаяха, други със затаена злоба сложиха ръце и се заловиха за работа, а трети, кои можаха да намерят средства, отидоха и измряха!

Повече от 200 души излъгани и оголели оставиха още пролетта името на българската легия в Белград и с Караджата събраха се окол Хаджи Димитър. При всичките гонения и преследвания от "старите" (с презрение споменуваме туй име) те найдоха истинни патриоти, добиха средства и минаха, та измряха.

Но само туй ли? Те измряха, но тяхната смърт беше громен удар за Турция, громен и за нашето отечество-на първата извести падането, на второто възраждането. Сънливият тиранин залитна на трона от думите. "Болгаристан калктъ" и окачи мъртвия Черковен въпрос на галваническа кука, с кое, без да иска, призна името на робите си - призна борбата. Будният народ стресна се силно, огледа се и като не можа да скочи на оръжие, със сълзи благослови великия подвиг на синовете си.

Той видя и усети силата си.

И ето и до днес кръвта на тези мъченици не е още засъхнала по бащините ни полета; сенките им бродят денем и нощем и чакат онези, кои от Петрушан им пожелаха "добър час и добра стига!" -

чакат нази, братя емигранти, да откопаем костите им и избършем сълзите на техните клети майки, които са вече майки и нам!...

"Болгаристан калктъ" - България въстана.

Also available from JiaHu Books:

Русланъ и Людмила — А. С. Пушкин - 9781909669000

Евгеній Онѣгинъ — А. С. Пушкин — 9781909669017

Анна Каренина — Л. Н. Толстой -

9781909669154

Чорна рада — Пантелеймон Куліш - 9781909669529

Мать — Максим Горький — 9781909669628

Рассказ о семи повешенных и другие повести — Л. Н.
Андреев — 9781909669659

Леди Макбет Мценского уезда и Запечатленный ангел - Н.
С. Лесков - 9781909669666

Очарованный странник — Н. С. Лесков — 9781909669727

Некуда — Н. С. Лесков -9781909669673

Мы - Евгений Замятин- 9781909669758

Евгений Онегин (Либретто) — 9781909669741

Пиковая Дама (Либретто) — 9781909669376

Борис Годунов (Либретто) — 97819090669376

Hiša Marije Pomočnice – 9781909669314

Горски Вијенац - 9781909669567